어디서든 빛날

_____

_____

_____

에게

_____

_____

_____

로부터

어디서든 너답게 빛날 거야

바리수

PROLOGUE

정말 정말 환영해 ♡

이야기를 시작하기 전에
질문 한 가지!

여러분은 자기 자신을
좋아하고 있나요?

제 스스로에게 물는다면,
꽤 오랫동안 그러지 못했지만

내가 싫은 적이 있었지

지금은

넌 좋지

지금은 확실히 그렇다고
말할 수 있을 것 같아요

스스로를 좋아했다기보다
좋은 사람으로 보이고 싶으려고
애써 왔던 것 같아요

그러다 이런 의문이 들었어요

그 이후로 조금 더
용기를 내 보기로 했어요

내가 좋아하는 나를
찾아야겠다고요

비록 그로 인해
누군가를 실망시키고
미움을 받게 될지라도요..

그 여정에서의
이야기들을 이곳에 담았어요!

저의 이야기가
어떠한 형태로든
도움이 되고 의미 있길 바라며

이쪽입니다~

본격적으로 들어가 볼까요?

CONTENTS

PART 1

나만의 빛으로 반짝일 거야

PART 3

함께라서 더 찬란할 거야

PART 1

나만의 빛으로

반짝일 거야

고마운 나의 싫증

3-4개월쯤이면
그만 두고 다른 일을 했는데

매번 이런 날 보며
엄마는 왜 하나를
끈덕지게 못하냐며 타박했다

이런 성격이 단점인 줄 알아
고치려고 노력해 봤는데

지금은 이 성격이
나의 강점이라고 생각한다

호기심이 많고, 하고 싶은 일이 있으면
하고 마는 행동력이 있는 거니까

이 성격 덕분에
다양한 경험을 했고

  끈기는 자주 좋은 것으로 여겨지고 싫증은 자주 좋지 않은 것으로 치부된다. 끈기와 싫증 중 어느 것이 나를 더 잘 표현하는 것일까 생각해 보면 아무래도 후자일 것 같다. 나는 무언가를 새로이 시작하는 걸 좋아하는 만큼 금방 싫증을 내곤 한다. 시작한 후에 나와 맞지 않는다 느껴지면 서둘러 놓아 버리고 다시금 나에게 맞는 걸 찾아 떠난다.

이런 성향이 늘 단점인 줄 알고 나 자신을 탓하며 나무랐었지만 이제는 이 점이 내가 좋아하는 부분 중 하나가 되었다. 지난날 수많은 시행착오를 겪은 끝에 어떤 걸 좋아하고 어떤 걸 좋아하지 않는지 알게 되었으니 말이다. 내가 싫증을 내었던 것들은 끈기가 없어서가 아니라 정말 나에게 맞지 않았던 것들이었다.

좋아하는 그림이나 글, 여행은 누군가 시키지 않아도, 그만하라고 해도 아주 끈덕지게 하는 걸 보면 이 부분에서 나는 누구보다 끈기 있는 사람이다.

한결같이 솔직했던 나의 싫증에게 고맙다.

껍데기와 알맹이

한때는 보이는 것만

또 한때는 내면만 채웠다

보이는 것만 추구할 땐
겉과 달리 마음이 공허했고

내면만 추구할 땐
외면을 신경 쓰지 않아서
스스로를 완벽하게
좋아할 수 없었다

그 두 가지를 모두 균형감 있게
가꾸어 나갈 때

가장 안정적이고 온전한
내가 되었다는 기분이 든다

겉과 속이
모두 옹골찬 사람,
그런 내가 되어야지.

겉과 속. 껍데기와 알맹이에 대해 자주 생각한다. 내가 지금 추구하는 것은 어떤 것들일까 되돌아보기도 하면서. 갓 성인이 되어서는 치장하는 일에만 관심이 많아 외면을 한껏 꾸몄다. 그래서 그때가 가장 예뻤지만 그에 비해 마음은 공허하고 많이 아팠던 시절로 기억된다. 그런 시간을 보내면서 보이는 것만이 전부가 아니라는 것을 깨닫게 되었고 그 이면에 집중하게 되었다. 겉모습은 중요하지 않으니 내면을 채워 보자고. 그러면서 생각했다. '사람들이 나에 대해 어떻게 생각하든 무슨 상관이람? 겉모습은 중요하지 않아.'

하지만 외면이 정돈되지 않은 나를 온전히 사랑하는 것은 어려웠다. 스스로를 아끼고 사랑한다면 겉모습도 소홀히 하지 않는 것이 당연한 일일 것이다. 결국 겉과 속이 적절히 조화를 이룰 때가 가장 최상의 상태가 아닐까? 그 두 가지가 균형을 이루는 지점이야말로 존재로서 가장 안정적인 지점인 것 같다.

밍기적의 기적

늘 지칠 때면
떠올리는 생각이 있다

이 감정은 일시적이고

내가 움직일 때마다

그리고 시간이 흐를 때마다

결국에는 희미해지고
사라진다는 것이다

그래서 더더욱
지금 내게 필요한 게
무엇인지 생각하면서

다시금 한 걸음씩
걷기 시작한다

지금이 되었고

이제는 스스로에게
'이걸 하면 분명
좋은 수가 생길 거야!'하고

분명
도움이 돼!

스스로를 북돋아 준다

때때로 앞이 막막해서
두렵게 느껴질 때도
있지만

?

문득 '이걸 한다고 뭐가 달라질까?' 하는 의문이 떠오를 때가 있다. 그럴 때면 무기력해지고 아무것도 하고 싶지 않게 된다. 그저 침대에 누워 게으름만 피우고 싶을 뿐.

하지만 밍기적도 기적이라고 했던가. 아무 의미 없어 보이는 밍기적이 쌓여 기회가 되고 행운이 된다. 의욕이 넘치지 않아도 괜찮다. 힘이 날 때 그 힘으로 밍기적 움직여 보기라도 하는 것. 그 시도 하나하나가 이미 우리의 길을 터 주고 있다.

단 1%의 비중이더라도

주변에 의해
자주 흔들리던 나는

내 생각과 마음보다도

그들의 의견에 더 많은
비중을 두곤 했다

쉽게 날 의심했고

쉽게 내 마음을 포기했다

내 모든 상황과 순간을
가장 잘 아는 사람이
나 자신임에도 불구하고

여전히 주변 환경과
사람들은 나에게 많은
영향을 주지만

이제는 나에게 조금 더
힘을 실어 주는 방법을 알 것 같다

모든 선택이
널 더 나은 곳으로
데려간다는 걸 믿어

줏대. 나에게 줏대를 갖는 것은 어려운 일이었다. 단단히 마음을 먹어도 누군가의 한마디에 곧잘 스스로를 의심하며 휘청이곤 했다. 나보다 다른 사람들을 더 믿었고 그들이 더 많은 걸 알고 있을 것만 같았다. 나의 시간과 삶에 대해 아는 건 오롯이 나뿐인데도 불구하고 온전히 내 편을 들어 주지 않았다.

내 안에는 사람들의 말과 함께 의심으로 물든 자조적인 목소리들로 가득했다. 그럼에도 다른 한편에선 나의 선택을 오롯이 내 손에 맡기고 나를 믿어 주고 싶은 마음도 함께했다. 그래서 더더욱 생각을 정리하고 일기를 쓰는 일에 공을 들였다. 사람들의 이야기나 들려오는 소음이 아닌, 나의 진짜 생각과 마음을 알기 위해서.

시간이 꽤 걸렸지만 이제야 내 마음에 힘을 실어 주는 방법을 알게 되었다. 종종 두렵기도 하고 어떤 때는 괜한 쓴소리를 들을까 걱정되기도 하지만 그럼에도 내 마음이 원하는 바를 선택하고 믿어 주는 것. 수많은 반대의 말에도 나를 지지해 주는 것. 그게 나를 사랑해 주는 방법 중 하나라는 것을 알게 되었다.

잠재력

새로운 걸 시도한다거나
배우는 걸 좋아한다

사람에게는 잠재력이
가득하다는데

난 무언가를
새로이 해 나갈 때

이게..
가능해지다니

그 의미를 실감하곤 한다

낯설고
어려워 보였던 것들이

친숙한 일상이 된 순간

이전에는 알지 못했던
많은 것들이

새로운 시도를 통해
내 삶에 들어오는 순간

삶이 얼마나
확장될 수 있는지
감탄하곤 한다

인생 멋져!

내 안에 담겨 있는 것들이
앞으로도 얼마나 많을지

그 힘들 덕분에
또 어떤 새로운 세상을
만나게 될지 기대된다

언제든 무언가를 배우고

새로워질 수 있다는 건
삶의 축복인 것 같다

    사람에게는 아직 발휘되지 않은 많은 힘이 잠재해 있다고 한다. 나는 그 힘이, 스스로 할 수 있다고 믿을 때, 그리고 새로운 무언가를 시작할 때 점차 발현된다고 믿는다. 지난날의 모습만 가지고 섣불리 "나는 이런 사람이야."라고 정형화하면 우리는 편하고 안정적인 지점에만 머물게 되고, 결국 딱 그만큼의 역량을 발휘하게 되는 것 같다.

어느 정도 기질이나 성향은 정해져 있을지라도 환경이 바뀌거나 시간이 흐르면서 스스로 변화한다는 걸 느낀 사람도 있을 것이다. 정해진 몇 가지 특성만이 아니라 환경과 상황에 따라 힘이 길러지고 본인도 몰랐던 모습이 나타나는 걸 보면 우리는 절대 불변의 무언가로 정의될 수 없다. 요즘에는 내가 되는 것보다 내가 알지 못한 새로운 모습을 마주하는 즐거움이 더 크다.

존재하지도 않는 어떤 '너'가 되려 하지 말고, 지금 바로 되고 싶은 '너'가 되는 거야.

완벽한 불완전함

어제는 어려웠던 일이

오늘은 수월해져 있는 걸
느끼는 게 좋다

내가 아무리 배워도

세상에는 여전히 배울 것들이
넘쳐나게 많아서 좋다

사람이 완벽하지 않은
이유는

슬프게 하려는 게 아니라

내가 알아!

도와줄게

다른 이에게 도움도 받고

그곳으로 향하는 과정을
즐기게 하려 함이 아닐까?

퍼즐 게임에서

하나둘 채워 가는 과정이
뿌듯하고 재밌는 것처럼

완벽하지 않아서,
아직 모르는 게 많아서
정말 좋다!

나를 되찾는 방법

왜냐면 나는 가끔씩 내가 그저
모두가 나에게 기대하는 역할에
충실하고 있다는 기분이 들었기 때문이다

이렇게   해야 돼

친구들에게
나는 이런 사람이었고

OK

OK   가족 안에서는
이런 성격이었고

그게 어느 순간
답답하게 느껴졌다

그래서 자꾸만
여행을 다녔던 것 같다

그간의 내 모습이 아닌
내가 원하는 걸 찾기 위해서

그 여정에서
기대나 시선에 의한 내가 아닌

내 마음이 바라는
진짜 나를 발견하는 것

종종 아무도 나를 모르는 곳으로 떠나고 싶었다. 나에 대한 아무런 정보가 없어서 내가 평소에 어떻게 행동하는지, 어떤 성격인지 전혀 알지 못하는 곳으로. 그곳에서는 비로소 백지가 되어 더 새롭고 자유로워진 모습으로 살 수 있을 것 같았다.

평상시에 내가 있는 곳에서는 은연중에 누군가의 기대에 맞추어 살고 행동할 때가 많다. 가족에게도 그렇고, 주변 친구들이나 지인들에게도 마찬가지다. 그간 쌓여 온 캐릭터에 따라 자연스럽게 그 틀에 맞춰 말하고 행동하게 된다.

새로운 나라에 가고, 새로운 환경에 적응해 보고, 새로운 사람들을 만나면서 가장 많이 느끼고 배운 것은 어떤 모습이든 되어도 된다는 것이었다. 그렇게 매 순간 나는 나에게 가장 잘 어울리고 가장 좋아하는 상태의 내가 된다.

마주하기

살다 보면 내가
통제할 수 없는 일들이
일어나곤 한다

상황

날씨

사람의
마음

등등..

그럴 때면

그 모든 것들에 휩쓸려

인생..

내면도 덩달아 무너졌는데

내 안을 단단히 하면

외적인 것에 쉽게
휘둘리지 않는다는 것도

지루해

흔들림 없이 항해하는
배는 없듯이

어떤 상황에도
잘 마주하는 법을 배우자

그러면
잠시 흔들릴지언정
다시 중심을 잡을 수 있어 :)

쉽게 휘둘리고 쉽게 무너지던 나는 주변에서 일어나는 모든 일에 기다렸다는 듯이 힘들어했다. 통제할 수 없는 것들에 대해 왜 통제할 수 없는지 고민하며 왜 이런 일이 나에게 일어났을까 하고 곱씹었다. 그러면서 스스로를 쉽게 휘둘리고 쉽게 무너지는 사람이라고 단정 지었다. 그런 믿음을 가지자, 내가 통제할 수 있는 상황에서도 굳이 통제하려 하지 않고 힘을 뺀 채 그저 바라보는 사람이 되어 있었다.

삶은 내가 원하고 바라는 대로 흘러가지 않는다. 하지만 그 안에서 어떤 태도를 취하고 어떤 선택을 할지는 온전히 나의 몫이다. 그렇게 바라는 방향으로 가장 근사하게 이끌어 가는 것이야말로 사는 재미이지 않을까? 상황은 어쩔 수 없이 주어져도 이외의 모든 선택권은 나에게 달려 있다. 과거에게 배우고, 보다 더 좋은 선택을 하며, 그 선택을 최선으로 만드는 것. 그렇게 내 삶을 제대로 마주할 때 비로소 우리는 삶의 주인이 되어 가장 마음에 드는 이야기를 전개해 나갈 수 있게 되는 것 같다.

이 변화는 좋은 거야

끊임없이 변화하는 자연처럼

OLD → NEW

사람도 그래야만 한다고
믿는다

겉으로 보여지는 건
비슷할지라도

그 안에서는 수많은 변화로
달라져 있기도 하고

계절에 따라서
기꺼이 새로워지는 나무처럼

사람도 주기적으로
더 이상 맞지 않는 것들은
망설임 없이 놓아주고

새로운 계절로
가는 거야 ☺

NEW

새로운 것을
맞이해야 하는 것 같다

어떤 변화가 와도
그 안에서 멋지게 살아가는

담대하고 다채로운
사람이 되어야지

　　누구나 이해받지 못하는 순간이 있다. 가족에게도, 친구에게도, 가까운 지인에게도 받아들여지지 않는 순간. 처음 그런 상황을 맞닥뜨리면 너무나 무섭고 두렵겠지만 그때야말로 내 선택을 믿어 주어야 할 때다. 지금의 삶이 더 이상 나에게 흥미를 느끼게 해 주지 않는다는 신호이자 새로운 무언가를 향해 나아가야 한다는 신호이기 때문이다.

'일일시호일日日是好日'이라는 말을 좋아하는데 비슷한 표현으로 '일일시생일日日是生日'이라는 말이 있다. 각각 '매일매일 좋은 날', '매일매일 새로 태어나는 날'이라는 의미를 담고 있다.

우리는 늘 같은 모습으로 살아가는 것 같지만 매일매일 새로워진다. 오늘의 삶이 내일의 나를 더욱 새롭게 만드는 것이다.

새로워지는 것을 두려워할 필요는 없다. 오히려 더 알맞게 재밌어지기 위한 과정이니까.

어쩌면 맞는 말

사람들이 하는
말 한마디 한마디에

속상하고
모든 것에 해명하고 싶었다

그건 오해라고,

진짜 내 모습은 그게 아니라고

그런데 요즘은
그냥.. 그것도 일리가 있다고
생각하게 된다

그리고 어쩌면 그게
맞을 수도 있을지 모른다며

마냥 좋게만 비춰지고
봐주기를 바랐던
내 욕심이라는 것도 알게 됐다

어떻게 보고, 어떻게 말하든

나라는 사람이
그로 인해 변하는 건 아니니까

사람들의 시선과 생각이
또다시 조금 더 상관없어졌다

하늘을 능가하는 꽃

능소화는 여름에
담장에서 쉽게
볼 수 있는 꽃인데

아름다운 생김새와는
다르게

＜ 엣 ― 헴

의미가 담대하고 멋지다

凌　霄　花
능가할(능)　하늘(소)　꽃(화)

바로, 하늘을 능가하는
꽃이라는 뜻

담장을 타고
하늘을 향해 오르는 기세와

8-9월 무더위, 장마 등
궂은 날씨에도

지지 않고 보란 듯이
피어나기 때문이라고 한다

세상은 호락호락하지
않다지만

괜찮다, 능소화도
호락호락하지 않으니까

궂은 날에도 맑은 날에도
본연의 아름다움을 잃지 않는
능소화처럼

늘 담대하기를 ☺ !

여름날 담장에서 쉽게 발견할 수 있는 꽃 중 하나인 능소화는 또렷한 주황빛과 아름다운 생김새로 자주 눈길을 끌곤 했다. 그래서 원래도 좋아하는 꽃이었지만 능소화의 의미를 알게 된 후로는 더더욱 사랑하게 되었다.

'능가할 능凌', '하늘 소霄'. 즉 '하늘을 능가하는 꽃'이라는 뜻이다.

담장을 타고 오르는 기세와 함께 장마와 더위에도 지지 않고 보란 듯이 살아남아 그 아름다움을 뽐내기 때문이라고 한다.

종종 우리가 나아가는 길에는 짓궂은 무언가가 주어지지만 그때 필요한 마음가짐이야말로 능소화가 아닐까? 보란 듯이 방해물을 넘어서고 어떤 환경에도 굴하지 않으며 살아남는 일. 그런 대담한 마음가짐일 때 비로소 하늘을 능가할 수 있는 존재가 되는 걸지도 모르겠다.

무한의 가능성

자주 스스로를
규정하기도 하고

누군가에 의해
규정되기도 했었는데

그것들과 별개로

우리는 무한히 확장될 수 있지 않을까?

저걸 어떻게 해

과거에 어려워하던 일이나

우와! 이게 되네?

불가능하다고 믿었던 일이 가능해지는 걸 볼 때면

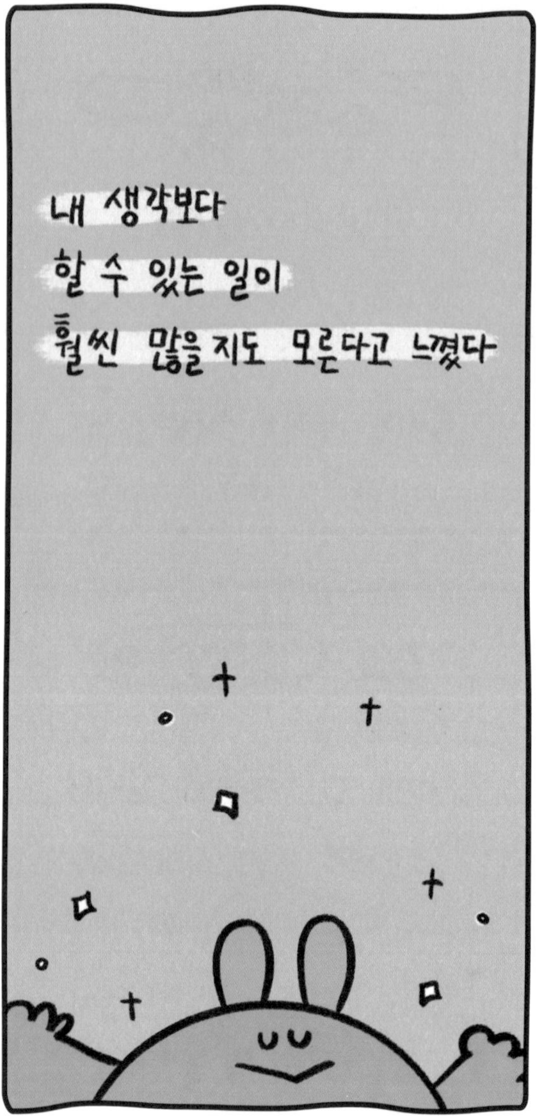

내 생각보다
할 수 있는 일이
훨씬 많을지도 모른다고 느꼈다

무엇이든 될 수 있다 ☺

스스로가 한계를 두고
가둬 놓지만 않는다면!

과거에 내가 불가능하다고 믿었던 것들을 떠올려 본다. 할 수 없을 거라고 생각했던 그 모든 것들을. 그리고 그중에서 내가 가능하게 만든 것들과 이제는 심지어 평범하게 느껴지는 것들을 골라내어 본다.

책을 내는 일이 터무니없게 여겨졌던 날, 나의 글과 그림으로 돈을 버는 것이 불가능하다고 생각되었던 날, 영어로 외국인들과 대화하는 것이 힘겨웠던 날, 해외에서 사는 것이 나와 맞지 않을 거라 믿었던 날, 미움받는 것이 두려웠던 날.

그리고 지금, 그 모든 것들이 정반대의 결과로 나의 일상을 채워 주고 있다. 책은 무려 4권이나 출간되었고, 글과 그림으로 얻은 수익으로 생활하고 있으며, 외국인들과 친구가 되어 이제는 오히려 해외가 더 편하게 느껴진다. 또한 더 이상 누가 나를 미워하는지 알 수도 없고 그런 것에 대한 관심조차 사라졌다.

이토록 평범해진 지난날의 불가능 목록들이 내가 앞으로 얼마나 많은 것들을 가능하게 할 수 있을지 기대하게 만들어 준다. 비록 지금은 어려워 보일지라도 스스로 한계를 두어 가두지 않고 계속해서 행동하고 넓혀 간다면 우리에게 완벽한 불가능이란 없을지도 모른다.

가지치기

식물은 주기적으로
가지치기를 해야 한다

더 건강해지고
더 잘 자라기 위해서다

시든 잎이나
가지가 있으면
주기적으로 정리해야 하는데

에어..
저것도 일부야

그렇지 않으면

속으로 썩어 가거나
식물 전체에 해가 될 수 있다

상처가 날까
우려가 될 때도 있지만

오히려 그로 인해
더 많은 잎과 열매를 맺는다

사람에게도 이처럼
다듬는 시간이 필요하다

지나간 것은 지나간 대로
그런 의미가 있죠.

좋아하는 노래의 가사다. 여행을 하면서 배운 것 중 하나는 잘 보내 주는 것이다. 매번 달라지는 여행지와 사람들에 아쉬움이 들 때도 있지만 이 또한 어쩔 수 없는 이치인 것 같다. 그럼에도 반드시 만날 공간과 만날 사람이라면 돌고 돌아도 언젠가는 다시 만난다고 믿는다.

그리고 좋지 않은 것들은 얼른 비우고 털어 내야 그 자리에 새로운 것과 더 나은 것을 채워 넣을 수 있다. 잘 보내 주고 다시금 좋은 원칙을 세워 새로운 것을 맞이할 때 우리는 한층 더 마음에 드는 여정을 떠나게 되는 것 같다.

생각 구분하기

왜인지 모르게
의심이 많은 나는

만약..   만약..

이따금씩 내가 만든
생각에 잡아먹혀

뜬금없이 불안감에
사로잡히곤 한다

보이지 않는 건
볼 수 없는 게 현실이기에

(쯔별 쓰는 중)

그럴 때면 속수무책으로
생각의 속임수에 당하고 만다

하지만 그 생각에
더 이상 묵지 않기로
결심한 나는

망상 그만!

내 생각과 현실을
각각 나누어 적는다

내 생각인가

현실인가

그러고선 최대한 이성적으로
그 두 가지를 비교해 본다

흐음‥

이 과정 자체가
불안을 잠재워 주진 않지만

구분한 뒤에
시간을 두고

물은 물..

산은 산..

실제로 일어나는 게
내 생각과 같았는지,
달랐는지를 비교해 보면

내 생각이 너무나 자주,
그리고 쉽게 틀린다는 걸
알게 된다

그렇게 조금씩 있는 그대로
바라보는 힘이 길러진다

나를 아끼는 방법

좋은 곳과 좋은 사람들에게 시간을 쓰는 것. 좋은 영양분을 채워 주는 것. 내가 머무는 곳을 청결하게 유지하는 것. 나에게 좋은 생각과 좋은 이야기를 들려주는 것. 좋아하는 일을 많이 할 수 있게 해 주는 것. 옳고 그름을 판단하지 않고 마음의 이야기를 들어 주는 것. 내가 한 선택을 응원해 주고 자랑스러워해 주는 것. 그것이 나를 아끼는 방법이다.

좋은 인연이거나 좋은 배움이거나

사람을 좋아하는 만큼
상처도 많이 받게 된다

상처..

분명히 나에게 좋은 이와
그렇지 않은 이가 있다

그 두 가지의 구분이
어려웠던 날에는

상처를 준 사람이 아니라

나를 탓하는 일이 잦았다

그게 더 쉬웠고
그땐 정말 그런 줄로 알았다

뭘 잘못한 걸까

공허하고   아파

돌아오는 길에 마음이 아프다면

누군가를 만나고 나서
내가 볼품없이 느껴진다면

나 자신도 아껴 줘야 해

사람들을 만나는 걸 좋아한다. 나와 결이 비슷하면서도 다른 삶을 살아온 사람들의 이야기를 듣는 것도 좋아한다.

수많은 사람을 만나다 보면 어떤 이들이 나에게 좋은 영향을 주고 어떤 이들이 해로운지 자연스레 알게 된다. 20대의 나는 그걸 알지 못해 스스로를 꾸짖고 타이르며 유해한 사람들 곁에 머물렀다. 그래서 그들과 헤어지고 돌아오는 길에 내 마음은 자주 상처투성이였다. 아프면서도 사람들 사이에서 아픈 게 당연하다고 생각했던 그날의 나를 토닥여 주고 싶다.

하지만 그 사람들과 상처들, 그리고 그때의 시간들이 지금의 나를 만들어 주었다는 것도 알고 있다. 앞으로도 나는 많은 사람들을 만나 그들로부터 배우고, 애정을 나누며, 불가피하게 상처도 받을 것이다. 나 또한 누군가에게 그럴 테고.

이제는 사람들을 좋아하는 만큼 나를 소중히 여길 수 있게 되었다. 앞으로 나에게 올 인연들을 기쁜 마음으로 환영하고 삶에서 서로 마주할 수 있음에 감사하며 살아야지.

좋은 인연 아니면 좋은 배움일 테니까.

꾸밈없이

본연의 나로 존재하고
그 안에서 내가 편했으면
좋겠다고

그들이 빛나 보였거든

근데 이제 난 내가
제일 좋아

누군가 볼품없다고 하는
내 모습도,

숨기라고 하는 내 모습도

아무도 안아 주지 않으면
내가 안아 주려고

내가, 내가, 내가
꼬-옥 안아 주려고 ☺

항상 좋은 모습만 보여야 한다는 강박이 있었다. 그래서 한껏 좋아 보이는 것만 내보이며 모두가 나를 그렇게 보아주길 바랐던 것 같다. 그랬더니 그것과 정 반대에 있는, 드러내고 싶지 않은 나는 늘 스스로를 부끄럽고 두려워했다. 혹시라도 누군가에게 보일까 봐, 이런 나를 알아보고 약점이라도 잡은 것처럼 놀려 댈까 봐 꼭꼭 감추어 두었다.

그런데 어쩐지 이제는 그저 나 자체로 행복하고 싶어졌다. 애쓰지 않아도, 억지로 꾸미지 않아도, 그저 있는 그대로도 행복할 수 있지 않을까? 아주아주 자연스러운 내 모습 그대로. 한껏 꾸민 나도 좋고, 한껏 자연스러운 나도 좋다. 그렇게 매 순간 진정한 나를 사랑할 수 있을 것 같다.

PART 2

어제보다 오늘 더
눈부실 거야

정확한 길

종종 길을 잃었다고
느낄 때가 있었다

?   ?
?
?

그럴 때면
모든 게 혼란스러워서

빨리   벗어나야 해

재빨리 내가 생각하는
안정적인 지점으로 가고 싶었는데

다시 되돌아 생각해 보니

길 잃은 적 없어!

단 한 번도 길을 잃었던 적이
없었다는 걸 알게 됐다

모든 순간이
가장 정확한 길이었다는 걸.

지금의 나와 지금의 마음이
되기 위한 가장 완벽한
순간들이었다는 걸.

내가 사는 삶,
내가 마주할 순간,
내가 마주할 날들을

정말 정말 환영해 ♡

조금 더 사랑할 수 있는
마음이 된 것 같다

여태 살아오면서 길을 잃었다고 느낀 순간들이 있었다. 그럴 때면 내가 생각하는 안정적인 지점으로 빨리 돌아가고 싶어 전전긍긍했다. 하지만 지금 되돌아 생각해 보니 길을 잃었다고 느꼈던 모든 순간들이 사실은 전혀 길을 잃은 상태가 아니었던 것 같다. 단지 이전과는 다른 선택을 하거나 다른 곳으로 가는 분기점이었을 뿐, 지금 이 순간과 마음가짐으로 오기 위한 가장 최선의 길이었다.

사실 안정적인 지점은 그저 내가 생각하는 틀에 박힌 무언가일지도 모른다. 요즘은 오히려 불안정하다고 느끼는 상황을 안정적으로 받아들이는 연습을 하고 있다. 어떻게 수용하고 생각하든 삶이 펼쳐지는 것은 동일하다.

그 안에서 겁내지 않고 직면하는 것이 더 중요한 일이다.

침잠의 시간

조용하고 느리게
사는 법을 배우고 있다

이것저것 섞인 물도

시간을 두고 보면

불순물이 다 가라앉고

그제서야 맑은 물이 남듯이

나의 일상에도,
나의 마음에도
그런 시간이 필요했다

뭐가 중요한지 모르겠어

정신없어..

계속 채워 넣고
나도 모르게 소란스럽게
지냈다면

요즘은 속도를 줄이고
구분해 내는 시간을 보내고 있다

그리고 새삼스레
서두르지 않을 때,
느리게 느리게 지낼 때

요즘은 달팽이나 거북이 같은 느린 생물에게 마음이 간다. 예전에는 느리다는 것이 좋지 않다고 생각했지만 이제는 좋고 나쁜 것을 한 가지 기준으로만 평가할 수 없다는 사실을 새삼 깨닫게 되었다.

느려지면서 내 마음에도 여유가 생겼다. 무언가를 배우는 데 시간이 조금 걸리거나 생각하는 데 시간이 필요하더라도 정말 다 괜찮다. 마음먹고 해내겠다고 결심한 일은 결국에는 이루어지기 마련이다. 그 시간들을 너그러이 받아들일 수 있는 마음만 있다면 말이다.

선명해지는 순간

마음이 선명해지는
순간이 좋다

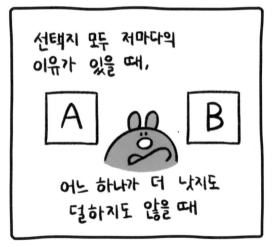

선택지 모두 저마다의
이유가 있을 때,

A   B

어느 하나가 더 낫지도
덜하지도 않을 때

시간을 두고 오래오래
마음을 들여다보곤 한다

그 시간동안
이랬다저랬다

엎치락덮치락 하다가도

누군가와 이야기를 하다가

혼자서 글을 쓰다가

문득 내가 이미 어느 하나를
바라고 있다는 걸 알게 된다

수많은 제약과 생각에
덮여 있던 진짜 마음이 보인다

그 마음을 발견할 때

그렇게 선명해진 마음을
선택할 때

마음이 선명해져 한 가지를 또렷하게 원하고 있다
는 것을 알게 되는 순간이 좋다. 그렇게 선택할 때는
어떤 '만약'도 없고, 아쉬움이나 후회도 남지 않는
다. 선명한 마음을 자주 마주하고 그것을 선택하는
순간들이 쌓일수록 나의 색깔은 더욱 뚜렷해진다.

사바이 사바이

태국어로 '사바이'는
'편안하게, 행복하게'
라는 뜻이다

사바이   사바이

처음 이 말을 들은 건
방콕 식당이었는데

역기를 가뿐히 드는
역도 선수를 보며

주인 아주머니가
계속해서

사바이 사바이

궁금해

아마도 선수가
쉽게 역도를 드니까
"편하게 드네 —"
하고 말하선 것 같다

하시길래 궁금해서
검색한 후로 알게 되었다

สบาย [Sabai]

♡ 편안하다. 편안히

♡ 안락하다. 평안하다

♡ 건강하다. 고통이 없다

สบาย   สบาย

계속해서 세상이
나를 보채는 것 같았다

그래서 그냥 담고,
더 하고, 늦지 않을까 하며
긴장 상태에 놓였었다

앞으로도 불안할 때가 있겠지만

서두르지 않고 내 마음의
시간에 귀 기울이려고 한다

미워하는 마음

누군가를 미워하려고
하지 않는 이유는

미안하잖아..

상대를 위한 것도 있지만

그런 마음을 품는
스스로가 가장 힘들기 때문이다

미워할 수밖에 없는
상황, 사건, 사람은

왜..

대체
왜 그래..

(지   끈)

피할 수 없이
존재하겠지만

털어 내고 관심 끄는 일은

휙ㅡ

이 너
망
피 스ㅁㅠ

내가 할 수 있다는 걸
알았다

사람을 미워하지 않으려고 해도 어떤 사건이나 상황, 사람은 그럴 수밖에 없게 만들기도 한다. 누군가를 미워할 때 괜스레 그 상대에게 미안한 감정이 들기도 하지만 그로 인해 힘들고 지치는 건 내 몫이다. 미워하는 일에 에너지를 쓰느라 마음은 온종일 시끄럽고 따끔하며 아프기만 하다. 결국 누군가를 미워해서 가장 힘든 건 나였다.

그런 마음이 드는 게 어쩔 수 없는 일이라면 툭툭 털어 내고 신경을 끄는 것은 내가 할 수 있는 일이다. 미워하는 일은 아주 잠깐, 좋아하는 일은 아주 오래도록 간직하며 마음을 채우고 싶다.

뜸

고 ─ 🌿 ─ 요

요즘은 여백의 맛을 느끼고

휴식타임

뜸 들이는 시간을
갖는 일이 좋습니다

하루 종일 하겠어

늘 모든 순간을
빡빡하게 채우려 했는데

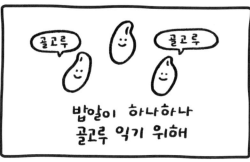

밥알이 하나하나
골고루 익기 위해

커피의 향이 진해지고
풍미가 생기기 위해

잠시나마 뜸을 들이는
시간이 필요합니다

나의 하루에도
그 시간이 필요했습니다

하루하루가
더 즐거울 수 있도록요

그러니 오늘도
서두르지 않는 마음으로

그의 몫을 충분히
남겨 두어야겠습니다

약간의 뜸을 들이는 것이 좋다. 예컨대 글을 적어 둔 후 바로 발행하지 않고 시간을 두었다가 다시 읽어 보면 이전에는 보이지 않았던 설익은 부분들이 보이곤 한다. 그렇게 뜸을 들였을 때 가장 만족스러운 글을 쓸 수 있다. 가끔 시간의 몫까지 내가 하고 싶어 발을 동동 구르기도 했지만 그럴 때마다 되레 괴로움만 얻게 되었다.

나에게 주어진 몫이 있고 시간에게 맡겨야 할 몫이 분명히 있는 것 같다. 조급해하지 않고 여유롭게 무언가를 행할 때 자연스레 더 나은 길이 보이는 걸 보면 말이다. 나의 몫을 성실히 해내고 뜸의 힘을 믿기. 분명 좋은 수가 떠오를 것이다.

가장 강한 형태의 마음

한때는 다정한 게
너무나 연약한 일인 것 같았다

다정하면 무시당하기 쉽고

그들에게 사람들은 자주
다정함을 권리마냥 요구하니까

하지만 요즘은
다정함이야말로
가장 강한 형태의
마음이라는 걸 깨닫고 있다

다정함이

가장 강해!

그럼에도 불구하고
다정한 것,

그럼에도 불구하고
온기를 주는 일,

그런 사람들이야말로
가장 강한 사람들이었다

차갑고 냉정한 게
강한 게 아니라

그럼에도 불구하고
다정함을 선택하는 이들이,

그럼에도 불구하고
다정함을 나누는 이들이

가장 강해🖤

친절하고 다정한 마음이 좋다. 내 마음의 상태에 따라 그런 마음을 내기 힘들 때도 있고, 차갑고 냉정한 사람들 곁에 머물 때면 부질없다고 느껴지기도 하지만, 그럼에도 삶을 더욱 풍성하고 행복하게 만드는 힘은 친절하고 다정한 마음이라고 믿는다. 세상이 아무리 차갑고 냉정하게 보일지라도 결국 우리를 다시 한번 살아 보고 싶게 하는 건 누군가가 건네준 진심 어린 마음과 애정이다.

그렇다고 모두에게 베풀라는 이야기가 아니다. 우리가 건네는 마음이 당연하지 않음을 아는 이들, 우리의 이런 마음을 약점으로 여기지 않는 이들에게 전하는 것만으로도 충분하다. 친절하고 다정한 마음은 정말 귀하다. 이 마음을 함부로 대하는 이들에게까지 건넬 필요는 없다. 정말, 정말, 정말 그러지 말자. 귀한 마음은 받을 가치가 있는 이들에게만 전하는 것으로 충분하다.

단순하지만 완벽한 것들

무해하고 다정한
사람들과 친구

나에게도 상대에게도
친절하고 다정할 수 있는 마음

NOPE!

무례를 구분할 수 있는 눈과
제때 선을 긋는 단호함

우리 가족

좋아하는 카페와 음료,

아기자기하고 알찬 잡지

다이어리와 펜

매일 새로운 하늘과
기분 좋은 햇살

좋아하는 것과

먹고 싶은 걸 살 수 있는 돈

차곡차곡

저금할 수 있는 여윳돈

온전히 나로 존재할 수 있는 시간과 자유

나에게 필요한 것.

무해하고 다정한 사람들과 친구, 우리 가족, 펜과 다이어리, 기분 좋은 하늘과 햇살, 약간의 노동, 좋아하는 것과 먹고 싶은 것을 살 수 있는 돈, 나로 존재할 수 있는 시간과 자유, 기본적으로 친절하고 다정한 마음, 무례를 구분할 수 있는 마음과 제때 선을 긋는 단호함, 함께 이야기를 나눌 사람, 나를 필요로 하는 곳, 좋아하는 책과 노래, 그리고 하늘과 꽃, 자연을 바라보며 행복감을 느낄 수 있다는 것. 그게 전부야.

매일이라는 선물

지난주에는 몰랐던 이를 만나
가장 친한 친구가
되기도 하고

반가워

나도 반가워

어제는 먹지 않았던
새로운 음식을 먹어 보기도 하며

무언가를 많이 갖고 있지
않더라도

내가 가진 것들로
충분히 이렇게 충만한 하루를
보낼 수 있음에 감사하다

삶은 정말 선물인 거야 ♥

모든 것이 좋은 소재

글과 그림이
업이라서 좋은 점은

삶에서 내가 마주하는
모든 것들이

내 이야기에
아주 좋은 소재가
되어 준다는 것

좋은 경험은 좋은 대로

안 좋은 경험도 안 좋은 대로

영감이 되고,
교훈이 되고, 작품이 된다

나에게
'오히려 좋아!'의
실사판이 되어 주는 나의 업

좋은 소재다

사랑하지 않을 수 없다

글과 그림이 좋아하는 일이자 업이라서 가장 좋은 점은 내가 살아가면서 마주하는 모든 것들이 내 이야기에 훌륭한 소재가 되어 준다는 것이다. 되돌아보면 내가 아주 힘들었던 순간에 버팀목이 되어 준 것은 글과 그림이었다. 아무에게도 털어놓지 못한 내 안의 감정들을 아무런 편견 없이 담담하게 꺼낼 수 있게 해 준 것도 글과 그림이었다.

이제 나에게 뗄 수 없는 존재가 된 글과 그림은 나의 해우소이자 다른 형태의 '오히려 좋아'다. 미래의 날들은 알 수 없기에 무어라 자신할 수는 없지만, 딱 한 가지 확실한 것은 글과 그림과 함께하는 한 나는 끝끝내 모든 것을 이겨 내리라는 것이다.

완벽한 방해물

내가 좋아하는 마음가짐은

"나에게 일어나는 모든 일은
더 나은 길로 보내기
위함이다!"

원하는 대로 안 풀릴 때도

퍼━━━엉

갑작스레 일어나는 일에도

다 뜻이 있다고 믿는다

이 생각 덕분에

대부분의 당황스러운
상황을 마주할 때

잠시 물음표를 띄웠다가도

이렇게 되었군

덤덤히 받아들이고

어쩌겠습니까

걸어야죠

계속 걷게 해 준다

그리고 시간이 흘러
돌아보았을 때

그제서야 이해되는
경우가 많았다

어찌 되었든,
내 몫은 주어진 오늘을 또
야무지게 사는 것ˆˆ!

어디서나
야무지게   살기 ☺!

나에게는 하나의 믿음이 있다. 그것은 바로 지금 일어나는 모든 일들이 전부 나를 위한 일이라는 것이다. 당장은 힘들고 어려워 보이는 일도 시간이 흘러 되돌아보면 그 덕분에 얻게 된 것이 있기 마련이다. 물질적인 것이 아니더라도 그 사건들로 갖추게 되는 마음가짐이 그렇다.

왜인지 모르겠지만 희한하게도 일이 꼬이거나 무언가가 길을 막아설 때면 나는 그것들이 꼭 나를 더 좋은 곳, 더 알맞은 곳으로 안내해 주는 안내자들처럼 느껴진다. 스스로 할 수 있는 최선은 다하되 어찌할 수 없는 일에 억울해하며 힘을 빼는 일은 최소화한다. 힘을 빼는 대신 상황을 빠르게 받아들이고 새로이 펼쳐지는 길을 기쁜 마음으로 걷는다. 분명한 것은 그곳에서 기대조차 하지 않았던 즐거움과 배움을 얻을 것이라는 점이다. 그리고 언젠가 그 순간들을 되돌아보며 말하겠지.

"정말 완벽한 방해물이었어."라고.

마음의 끝

언제부턴가 마음에
찰 때까지 해 보는 걸
좋아하게 됐다

아직이야

좋아! 끝까지!

분명히
끝이 있을 거야-

끝

무엇이든 가장 최선의
끝이 있을 텐데

중간에 애매하게
멈춘다거나

마음에 덜 찼는데 만족하면

아쉬움이 남았고
그게 참 오래 지속됐다

수많은 아쉬움과 후회들이
이 마음가짐을 만들어 준 것 같다

그때 말이야..

아쉬움 + 후회

이제.. 그만
모아도 될 것 같아

대체..
끝이 어딘 거야

아직!

내 마음의 끝까지 가는 순간이
조금 힘겹더라도

그렇게 하면
아쉬움을 덜 남기고
앞으로 갈 수 있게 되는 것 같다

적어도 내가 생각하는
'최선'은 다해 보기!

요즘 내 삶의 모토다 ☺️❤️

나는 무엇이든 지레짐작하여 포기하거나 적당히 만족하고선 오래 곱씹으며 아쉬워하는 습관이 있다. 그럴 때마다 아쉬움은 매번 나를 찾아와 '그때 왜 그랬어?' 하고 묻는 것 같았다. 그런 순간들에도 질량 보존의 법칙이 있는 걸까? 그 후로도 적당히 만족하려는 마음이 설핏설핏 들었지만 다시금 정신을 차리고 마음에 찰 때까지 하게 되었다. 그리고 그때 깨달았다. 내가 생각하는 최선을 다했을 때 비로소 내 마음이 아무런 불평불만 없이 모든 것들을 받아들인다는 것을.

만족과 불만족 그 사이

다, 다, 다 —
해 봐야,
선택할 수 있는 거다

정말 좋아하는 걸

이것도,
저것도

이 사람도,
저 사람도

다 겪어 보면
자연스레 알게 된다

뭐가 나에게 걸맞고
걸맞지 않는지

다 해 보고, 다 겪어 보고,
그리고 선택해야 해

오—케이

오롯이 네가 좋아하는 걸

좋다고 하는 거나
좋아 보이는 게 아니라

아무렴 어때~

행복하기 위해선 본인이 가진 것에 만족해야 한다. 그러나 동시에 불만족도 필요하다. 어릴 적에는 다들 만족감을 느끼는 것 같은데 나만 그러지 못하는 것 같아 스스로가 미웠다. 하지만 불만족하다는 것은 내가 무엇을 원하는지 정확히 알고 있다는 의미다. 그래서 만족하지 못하는 것일 테니까.

계속해서 불평불만을 늘어놓는 것은 여러모로 좋지 않지만 적당한 불만족은 삶을 더 나아지게 만드는 원동력이 된다. 결국 만족과 불만족이 균형을 이룰 때 우리는 가장 최상의 상태로 살아갈 수 있게 되는 것 같다. 인생은 무엇이든지 밸런스!

모범적인 폭주 기관차

우연히 '모범적인 폭주 기관차'
라는 말을 알게 되었는데

모범적인..
폭주 기관차..

왠지 내가 추구하는
삶의 모양과 꼭 닮아서

완전

마음에 들어

다이어리에 적어 두었다

하고 싶은 것과 원하는 것에는
망설임 없이 달려가고

그러면서도 그 안에서
부끄럼 없이 살며

소중한 가치와
중요한 가치들을 놓치지 않는 것

청정무위의 마음으로

앞으로도 좋아하는 건
마음껏 해!

나이가 드는 일

난 나의 20대가
끝나는 게 참 속상했다

가지 마

BYE —
20's

20대라고 하면
왠지 무엇이든 해도
괜찮고 허용되는 느낌이었고

이것도 하고

저것도 할래

20's

젊음이라는 반짝거림을
잃어버리는 것만 같았다

하지만 요즘은
그때 몰랐던 마음들과
수많은 지난날들 덕분에

훨씬 더 안정적이고
단단해짐을 느끼면서

오히려 앞날이
더 기대되었다

20대가 너무나 연약했고
의심과 두려움으로 가득했었다면

앞으로는 더 성숙하게 스스로와
만나는 이들을 아껴 주고 응원하며
살 수 있을 것 같다

젊음이 주는 특권을 알기에 더더욱 20대가 끝나가는 것이 속상했다. 머릿속에서는 걸핏하면 김광석의 〈서른 즈음에〉 노래가 재생되었고 마치 청춘을 잃으면 큰일이라도 날 것만 같은 기분이 들었다. '점점 더 멀어져 간다. 머물러 있는 청춘인 줄 알았는데….' 가사를 읊조리고 있노라면 금방이라도 시들어 볼품없어질 것 같은 감정이 밀려왔다.

하지만 만 29살, 이전 한국 나이로 일찍이 서른이 된 나는 내 마음이 주는 안정감에 놀라곤 한다. 내 20대는 모든 것이 불확실한 상태에서 무모한 선택을 반복하며 끊임없이 불안감과 두려움에 시달렸던 시기였다. 그때는 나에 대한 믿음이 부재했고 타인에게서 받은 아픔들로 늘 상처투성이였다. 그래서 어리고 자유로웠지만 그만큼 마음도 심하게 요동쳤다. 그런 수많은 날을 지나온 30대의 나는 그 안에서 배운 교훈과 요령 덕분에 이전의 내가 갖지 못했던 단단함을 얻게 되었다. 이제는 온전히 내 두 발로 굳건히 서 있다는 감각과 그 안정감이 30대의 나를 더욱더 기대하게 만들어 준다.

나이가 드는 일은 시들거나 젊음을 잃는 어두운 일이 아니었다. 오히려 훨씬 더 세련되고 근사한 일이었다.

축복

서양 속담 중에 '인생이 너에게 레몬을 주면 레모네이드로 만들어라.'라는 말이 있다. 서양에서 레몬은 식재료로서 그다지 좋은 재료가 아니라 쓸모없는 것으로 치부된다. 하지만 세상이 나에게 레몬을 주면 울고 있을 게 아니라 가장 마음에 드는 무언가로 만들어 살아가면 된다.

훗날 뒤돌아보며 그 레몬이 인생이 준 큰 축복이었다고 말하게 될 것이다.

LET IT BE

요즘 꽂힌 말은 'LET IT BE', 그대로 두는 것. 그렇다고 모든 것을 그대로 두는 것이 아니라, 내가 할 수 있는 노력은 다하고 그 외에 일어나는 일들은 내가 통제할 수 없는 것들이니 그대로 두자는 의미다.

그동안 내가 통제할 수 없는 것들까지 어떻게든 막으려 애쓰며 괴로워했는데, 생각을 바꾸니 삶이 더 이상 혼란스럽지 않고 오히려 평화로워졌다. 그리고 이렇게 할 때 많은 것들이 순조롭게 흘러갔다. 일어날 일은 일어날 테고, 떠날 사람은 떠날 테고, 올 사람은 반드시 온다. 그냥 그렇게 생각하니 한결 편해졌다. 모든 것이.

PART 3

함께라서 더
찬란할 거야

마음을 아끼는 방법

모두에게 적당히
좋은 사람이 되고 싶고

아무에게도 서운함을
남기고 싶지 않아서

고군분투하던 날,

그렇게 지내다 보면

상대의 마음은 챙길 수
있었지만

내 마음은 기진맥진
눈치 보며 떨고 있었다

올해는 나의 우선순위를
차근차근 잘 재정비해서

귀한 것을 더 귀하게
고마운 이들을 더 고맙게

생각하며 지내고 싶다

허되게 에너지를
낭비하지 않고

마음도

에너지도
소중히

진짜! 정말!
나에게 중요한 게
무엇인지 되짚어 보면서.

올해는..
편애하는 삶!

사람에 대한 경계심이 강해졌었다. 한때는 모두에게 마음을 열었지만 예상치 못한 상처를 받으면서 상대의 의도가 내가 생각한 것과 다를 수 있다는 사실을 깊이 깨달았다. 그 후로 알고 지내던 사람들뿐만 아니라 새로운 사람들까지 모두 경계하게 되었다.

점점 누군가와 가까워지는 게 무서워졌다. '이 사람은 어떤 의도일까? 이 사람은 어떤 마음이지?' 그런 생각이 가장 먼저 들었다. 그래서 아무리 외로워도 누구도 찾지 않았다. 그래야만 도피 삼아 관계를 맺지 않을 수 있겠다는 생각이 들었다.

그렇게 스스로가 낯설 만큼 날이 서 있고 경계심이 가득했다. 하지만 늘 그랬듯이 시간과 정은 나도 모르게 마음을 주게 만든다. 누군가가 자꾸만 소중해지려고 하면 여느 때처럼 다 해 주고 싶고 좋은 마음을 주고 싶어진다. 그럴 때면 믿음이 더 쌓일 때까지 그 마음을 꾹 참아 낸다. 가장 완벽한 순간에 가장 완벽한 형태로 마음을 전할 수 있게.

모두에게 배운 것

두려워도 시도해 보던
친구 덕분에 용기를 배웠다

혼자서도 잘 지내는
친구 덕분에 혼자를
즐기는 법을 배웠고

열린 마음으로 다가가던
친구 덕분에 자신감과
친밀감의 좋은 점도 배웠다

너도 갈래?

너도?

오예!
다 같이 가자!

내 관점에서

좋은지 나쁜지를 떠나

모두에게 배울 점이 있다

사람은 만남을 통해서
변화한다고 한다

어쩌면 지금의 내 모습은

만났던 모든 사람들에게
배운 것들의 집합인지도 모르겠다

내 취미는 사람들에게 있는 반짝임을 발견하는 것이다. 그러다 문득 이게 내 재능이라는 생각이 들었다.

사람들을 만나면 그 사람의 장점이 정말 잘 보이고 느껴진다. 어떤 사람은 마음이 따스해질 정도로 다정함을 느끼게 해 주고, 어떤 사람은 무례하지 않게 선을 잘 긋는 단호함을 가지고 있다. 또 어떤 사람은 어린아이 같은 순수함을 지니고 있고, 어떤 사람은 온 세상이 환해질 정도로 따스한 미소를 짓는다. 정말 모두다 각자의 빛을 가지고 있다.

그런 모습을 발견할 때면 "와, 너무 다정하세요.", "와, 어떻게 그렇게 기분 나쁘지 않게 선을 잘 그으세요?", "꼭 순수한 아이 같아요.", "웃을 때 너무 예쁘세요."라고 말해 주는 편이다. 그것들이 그 사람을 얼마나 멋지고 아름답게 만들어 주는지 알았으면 하는 진실한 마음으로.

내 재능은 사람들의 반짝임을 발견하고 이야기해 주는 것!

변화를 만들어 주는 사람

난 사람 만나는 걸
엄청 좋아하기도 하고

아주 안 좋아하기도 한다

사람들을 만나다 보면
되레 독이 되는 사람들이
너무 많기 때문이다..

후.. 지겨워..

잘 감내하며 살았지만

이젠 그럴 시간에
휴식을 취하고 책을 읽는 게
더 가치 있는 걸 안다

더 나은 사람이 되고,

더 나은 삶을 살고 싶게
해 주는 사람들

단박에 그런 사람들을
알아차릴 수 없기 때문에

항상 어느 정도 거리를
두며 지내곤 한다

좋은 사람들은 끝끝내
그런 존재임이 나타나고

퍼 엉

그 반대의 사람들은
결국 사라지고야 만다

그래서 사람들을 만날 땐
난로처럼 대하라는 건가 보다

너무 가깝지도 멀지도 않게

사람은 주변 환경이나 인간관계에 따라 변화하기 마련이다. 생활 습관이나 사고방식, 옷 스타일뿐만 아니라 관심사도 달라진다. 그리고 유독 누군가와 함께할 때 내 모습이 달라지는 게 또렷하게 느껴지고 그 변화가 맘에 들 때가 있다. '내가 이렇게 더 나은 사람이 될 수 있구나. 조금 더 좋은 선택을 하고 성장할 수 있구나.' 하면서.

그런 사람들이 좋다. 더 좋은 사람이 되고 싶게 만들어 주는 사람들. 마음에서 우러나 더 나은 사람이 되고 싶다는 생각이 들게 하는 사람들. 정말 정말 고맙고 귀한 사람들.

잘 잡고 놓아주는 일

어떤 건 내가 잡고 싶어도
끝끝내 떠나 버렸고

어떤 건 힘을 주지 않았는데
자연스레 나에게 왔다

이 과정을 겪으면서
삶에는 내가 어찌할 수 없는
영역이 있다는 것과

사람들의 시선

사람들의 시선과
생각은 꼭 구름 같다

다 —
지나가고야 만다

끙끙 앓았던 지난
어떤 이의 말이

돌아보니 의미가 없었듯이

내가 누군가를 어떻게
생각하고 바라보든

다들 각자의 삶을 살 듯이

구름은 나도 모르는 사이
지나가고 사라지니까

그것과 별개로
주어진 하루를 잘 지내면 된다

중요한 건 그것들이
발목을 잡게 두지 않는 것

'사람들에게 어떻게 비칠까? 사람들이 나를 어떻게 바라볼까?'에 너무 많은 비중을 두어 내 마음보다는 그 시선들에 더 많은 힘을 실었었다. 그렇게 선택을 하고도 내 마음이 원하는 걸 고르지 않았다는 속상함과 끝임없이 떠오르는 다른 사람들의 시선에 대한 걱정에 나의 일상은 늘 불안정한 땅 같았다. 계속 흔들리다 보면 그 안에서 나름대로 중심을 잡는 법을 터득하게 되는 걸까? 어느 날 문득 내가 금방 변하고 사라지는 것들에 너무 연연하고 있다는 생각이 들었다.

그런 순간들이 있었다. 사람들이 다들 잘못됐다고 말했는데 시간이 지나고 나서 모두가 박수를 보내는 모습을 보았을 때. 반대로 다들 잘했다고 말했는데 시간이 흐르고 나서는 오히려 잘못됐다고 말하는 모습을 보았을 때.

그동안 그 시선에 흔들렸던 이유는 지금 당장 나에게 일어날 일들을 받아들일 용기가 부족해서였던

게 아닐까? 누군가의 말에 따라 살면 당장은 마음이 편해 안심하며 지낼 수 있었지만 이제는 그 시선들의 편이 아닌 나 자신의 편이 되어 주기로 했다. 무엇보다 스스로 하는 선택이 가장 중요하다는 걸 깨달았으니까.

씨 없는 청포도

사랑과 애정은
꼭 씨 없는 청포도 같다는
생각을 했다

나에게 씨는 왠지

숨겨 둔 나쁜 의도인 것처럼
느껴져서

마냥 사랑과 애정인 줄
알고 안심하고 먹었는데

아그작.. 하고
씨가 있었다는 걸
알게 될 때

조심히 먹어야 돼

그만큼 마음을 아리게
하는 게 있을까?

나에게 사랑과 애정은
마음을 한없이 놓게 해 주고

좋은 영양과 달콤함만을
주는 청포도 같다

마음을 놓게 해 주는 것

사랑과 애정이 엄-청
거창한 게 아니라
그런 거인 것 같다

좋은 것만 주고 싶어 하는
그런 마음

사랑과 애정은 꼭 씨 없는 청포도와 같다는 생각을 했다. 나에게 씨는 숨겨진 나쁜 의도인 것처럼 느껴져서. 사랑과 애정인 줄 알고 안심하고 먹었는데 '아그작' 하고 씨가 있었다는 걸 알게 될 때 그보다 더 마음을 아리게 하는 것이 있을까?

나에게 사랑과 애정은 마음을 한없이 놓게 해 주고 끝없이 달콤함만을 주는 청포도 같다. 꼭 거창할 필요 없이 그저 말랑한 알맹이만 주고 싶어 하는 마음.

가끔씩 오래

관계에서
늘 거리감을 유지하며 산다

이 두 가지가 있다

자주 봐도 괜찮은
사이도 있지만

집.. 집..

자주 보면 안 좋은 사이도 있다

그럴 때
적당히 시간을 두었다가
만나게 되면

룰루~ 랄라~

언제 그랬냐는 듯이
즐거운 시간을 보내게 된다

자주 보고,
끊임없이 연결되어 있다고 해서

그 관계가 꼭
좋은 사이인 건 아니었다

서로에게 서로가
필요한 만큼의
공간과 시간이 있을 때

그리고 그 필요치가
서로 엇비슷하거나 존중될 때

안정적인 사이로
자리 잡는 것 같다

가끔씩
오래 보아요

관계에 대해 크게 걱정하지 않게 되었다.

누군가 날 좋아해 준다면 고맙고, 미워한다면 어쩔 수 없는 일이라 여긴다. 나 역시 누군가를 좋아하기도, 미워하기도 하니까. 그런 마음들은 한쪽만 노력한다고 해서 바꿀 수 있는 것이 아닌 것 같다.

이전에는 조금만 틀어져도 '왜 그럴까? 내가 뭘 잘못했나?' 하며 전전긍긍했지만 이제는 그러려니 하고 힘을 빼게 되었다. 건강하고 좋은 관계의 사람들은 시간이 조금 걸리더라도 묵묵히 곁에 머물러 준다는 걸 배웠기 때문이다. 그들은 자연스럽게 서로를 이해하며 잠시 멀어지거나 틀어져도 끝끝내 함께한다. 그렇지 않은 사람들은 잠시 마주쳤던 인연이라 생각하고 그렇게 각자의 길을 가면 된다.

해거리

제주에서 굴을 따다가
해거리라는 말을 들었다

그다음 해에는
나무가 지력을 회복하느라
열매와 꽃을 적게 만든다고 한다

자연이 스스로 균형을 잡는
그 과정이 참 신기하다

생각해 보면
사람도 마찬가지인 것 같다

해거리 ≒ 안식년

푹~ 잘 쉬고 난 후에

으— —쌰!

그 힘으로 더 많은 시간을
활력 있게 보낼 수 있는 것처럼

모든 존재에게
회복을 위한 쉼은
필수 불가결한 일인가 보다

이렇듯 잘 쉬어 회복하는 것도
꼭 필요한 일이라는 걸 배운다

안식월

안식일

안식년

사람뿐만 아니라

자연도 쉬는 시간이 있는 거다

하루는 언니 지인분의 부탁으로 제주에 귤을 따러 간 적이 있었다. 본격적으로 귤을 따는 것은 처음이라 올해 귤이 많은지 적은지 전혀 가늠할 수 없었다. 그래도 내가 보기에는 많아 보였는데 같이 귤을 따던 아주머니가 올해는 해거리를 하느라 귤이 많이 없다고 하셨다. 나무가 한 해에 많은 과실을 맺으면 그다음 해에는 지력을 회복하느라 과일이 훨씬 적게 열린다고 한다. 귤나무가 스스로 균형을 맞추고 회복하는 모습이 신비로웠다. 그러다 '해거리'라는 말이 이 귤나무뿐만 아니라 우리 사람에게도 해당된다고 느껴졌다. 결국 우리도 자연의 일부이니까.

살다 보면 아주 만족스러운 하루하루가 우리의 일상을 가득 채워 의욕이 넘치는 때가 있는가 하면, 그런 날이 있었던가 싶을 정도로 의욕이 떨어지는 때도 있다. 그 모든 과정이 에너지를 쓰고 다시 채우는 자연스러운 삶의 일부라는 것을 귤나무에게서 배운다.

여유 있는 마음

쉽게 쉽게

삽시다

나에게도 남에게도
조금 더 너그러워졌다

이제 스스로를 탓하는 일이
예전만치 않다

토닥   토닥

쓰담   쓰담

그땐 모든 게 내 잘못인 줄
알았는데

그것과는 별개의 일이었던 것
같기도   하다

여전히 서툰 것도 많고

여전히 실수하는 것도 많지만

그런 나와 또 누군가를
조금 더 시간을 두며

바라볼 수 있는 마음이 생겼다

스며들기

어딘가에 적응할 때 가장 좋아하는 방법 중 하나
는 '스며들기'다. 너무 더디지도, 너무 급하지도 않게
수채화 물감이 번지듯 스며드는 것. 처음에는 어색
해 보일지라도 시간은 신기하게 그 모든 걸 자연스럽
게 만들어 주는 힘을 가지고 있다.

지금 이 순간에도 많은 것들이 변하고 있고 조금씩 물들여지고 있다. 그렇게 새로운 물이 들면 이전에는 볼 수 없었던 것들을 보게 해 주는 새로운 시야가 생긴다.

새로운 공간에 가고 새로운 무언가를 배우는 건 그래서 흥미로운 일인 것 같다.

끌리는 대로

계획에 우선순위는 없고
원하는 결괏값만 정해 둔다

계획에 있는 것들을
'하고 싶을 때'
'가장 기쁜 마음으로' 해서

할 때도 좋고

Good   Good

결과물도 덩달아 마음에 든다

알 수 없지만
제법 효율적인
이 과정이 재밌고 좋다 ♡

틀에 박힌 계획을 세우고 그에 맞춰 살면 무언가가 막힌 듯한 기분이 든다. 수많은 가능성이 있음에도 내가 정해 둔 몇 가지에만 국한되어 더 많은 것을 놓치게 되기 때문이다.

그래서 가장 좋아하는 실천 방식은 큰 틀만 세우고 끌리는 대로 일 처리를 하는 것이다. 가끔은 정해진 질서가 없어 엉망인 것처럼 보일 때도 있지만, 혼돈 속의 질서처럼 그 끝에서 바라보면 나름의 규칙성과 함께 원하는 결과를 얻게 된다. 아무런 계획이 없어 보이는 사람도 알고 보면 어느 큰 틀 안에서 완벽하게 규칙적으로 살아가고 있다.

맛보기 스푼

포도를 보며 신포도일 거라고
위안을 삼는 여우처럼

한계를 짓고 포기하는 건
언제나 쉽다

하지만 요즘은 무엇이든
한입씩 베어 물려고 한다

한입이 별로였다면
그것 또한 경험이고

한입이 괜찮았다면
더할 나위 없이 좋은 경험

단단한 믿음과 함께
내 모든 가능성을 살아 보고 싶다

하고 싶은 것 고민하지 않고

걷고 싶던 길 미루지 않으며

온 마음 담아서 살다 보면

뭘 해야 할지, 어떤 걸 선택해야 할지 모를 때는 일단 해 보는 것이 가장 알맞은 정답일 때가 있다. 생각지도 못했던 것이 나에게 딱 맞을 수도 있고, 그렇지 않더라도 내가 원하지 않는 것이라는 확실한 답을 찾을 수 있다. 어쩌면 모든 선택은 내 마음에 꼭 맞는 곳으로 가는 여정일지도 모르겠다. 조금 시간이 걸릴지라도, 돌고 돌지라도 포기하지 않는다면 그 여정의 끝은 내가 원했던 곳일 거야.

새로운 균형 잡기

사는 건 꼭 매일매일
새로운 균형을 잡는 일 같다

슝-   슝-

수ㅣㅂ   다

어떤 날은 평탄해서
가만히 있어도 되지만

어떤 날은 혼돈이란
혼돈은 전부 다 찾아와서

하루를 뒤엎어 버린다

이럴 때면
속수무책으로 휩쓸려서
당하고만 있었는데

아아악 ─

이제는 이 혼돈들이 오히려 좋아

새로운 균형을 위한 거라는 걸 안다

잠시 힘을 보충하다가
완벽한 타이밍에
혼돈 위에 올라타기!

그리고 아ー주 멋지게
다시 중심 잡기!

두려움을 두려워하지 말고
그걸 역이용해서

네가 원하는 곳에
데리고 가게 만들어

어떤 혼돈은 잘 올라타면
아주 작은 힘으로도
아주 먼 곳까지 보내 주거든

완벽 착지!

한없이 희망에 부푼

생각해 보면 항상 희망에 부풀어 있었다. 여태 살아온 시간들은 그 희망들이 만들어 준 선물이다. 모두가 어리석다고 생각하고 안 된다고 할 때도 마음에 품고 있던 무언가를 향해 계속 나아갔다.

돌아보니 얼마나 귀한 시간이었는지, 또 그 시간들이 지금 내게 얼마나 큰 힘이 되어 주고 있는지 모른다. 아마 앞으로도 계속 이렇게 희망에 부푼 삶을 살아가지 않을까?

희망이 이끌어 주는 곳은 어김없이 내 마음에 꼭 맞는 곳이니까.

당연히, 앞으로도 계속.

돌아보면 별일이 아닐 테지만

감당하기 힘든 일이 있을 때

별거 아니야

나중엔 기억도 안 나

하며 생각하곤 했지만

— 별일 있음 —

막상 그 안에 있을 땐

내 마음은 전혀
그럴 수가 없을 때가 있다

그 순간의 나에게는
너무나도 별일이니까

씩씩하게
내 할 일을 하기로 했다

지금 어려움을 느끼는
무언가가

내게 주어진 큰 과제인 게
맞으니까

훗날 돌아보면 기억조차
나지 않을 순간일 수도 있지만

그건 그날의 내 몫인 것

어쨌든

다 좋은 경험이었어

오늘의 내 몫은

오늘도

아자자!

이 순간을 생생하고
또 치열하게 사는 것

또 이 순간에 즐길 수 있는 것들도 꼬-옥 챙기는 것

감당하기 힘든 일이 있을 때마다 '아, 이거 별일 아니야-.', '조금 멀리 떨어져서 보면 별것도 아닌 일인데, 뭘.' 하며 스스로 다독이곤 했다. 하지만 막상 그 상황을 맞이했을 때 내 마음은 전혀 그럴 수가 없었다. 어떻게 이게 별일이 아닐 수 있어. 이렇게나 내 하루를 뒤흔드는데.

그래서 이제는 세상 큰일인 것처럼 징징거리면서 씩씩하게 내 할 일을 하기로 했다. 지금의 나에게 주어진 가장 큰 과제가 맞으니까. 비록 훗날 되돌아보면 기억조차 나지 않을 작은 순간일지라도 그것은 오늘이 아닌 그날의 내 몫이다. 오늘의 내 몫은 이 안에서 순간순간을 생생하고 치열하게 사는 것. 그리고 이 순간에서만 즐길 수 있는 것들을 놓치지 않는 것.

힘을 빼고 싶어

힘을 꽉 주고
지내다가도

정신 차려

이 각박한 세상 속에

뭐   어   때

그런 이들과 함께하면

종종 몸과 마음에 힘을 꽉 쥐고 살 때가 있다. 여기저기 치이고 온 신경이 곤두선 날. 그런 날에는 그냥 가만히 있는 것만으로도 힘이 든다. 그러다 한없이 편한 친구를 만나거나 온기로 가득한 곳에 머물게 되면 자연스럽게 긴장감이 풀리는 걸 느낀다. "여기선 힘을 주지 않아도 돼. 안전해."라고 말없이 알려 준다.

힘을 내서 성장해야 할 때도 있지만 긴장감을 낮추고 힘을 보충해 주어야 할 때도 있다. 그 균형을 잘 잡는 일이야말로 나를 보살피는 일인 것 같다. 너무 한쪽에만 치우치면 오히려 더 힘들어질지도 몰라.

일기일회

헤어짐은 흔하고 흔하지만
그 종류와 모양은
사람의 수만큼 다르다

어떤 헤어짐은
익숙하고 담백한 반면

어떤 헤어짐은
난생 처음인 것마냥
아프곤 한다

절대 정을 주지 않겠노라!

그래서 자주 사람들에게
정을 주려고 하지 않았다

그럼 적어도
아프거나 슬플 일이
줄어들 테니까 하면서

하하 하하

(정 안 주기 모드)

하지만 요즘은
조금 다르게 생각하게 되었다

누군가와 헤어질 때,
작별 인사를 할 때
많이 힘들고 슬프다면

넘 슬퍼T..

내가 그만큼 괜찮은 사람,
좋은 사람들을 만났었다는
의미일 테니까 ☺

힝..

진짜 좋은 사람

그래서 이제는
그 아쉬운 마음에도
감사하게 되었다

감사한 거야

헤어짐이 아쉽고 힘들 만큼
좋은 사람들이었다는 거니까,

인연에

감사합니다

그런 존재들을 만난 일에
정말 정말 감사하네

'일기일회一期一會'라는 말을 좋아한다. 지금의 만남은 생에 단 한 번뿐임을 기억하고 마주하는 이들에게 최선을 다하며 진심으로 대하라는 뜻이다.

어쩌면 헤어짐은 흔하고 별일이 아닐 수 있지만 만나는 이들과 함께한 모든 시간과 순간은 결코 흔하지 않다. 유일한 한 사람, 한 사람과 쌓아 올린 시간과 순간이 어떻게 흔할 수 있을까? 더욱이 그 사람들을 아주 많이 애정한다면 말이다.

반면에 흔하다는 말도 이해가 간다. 못내 아쉬워하다가도 며칠 후, 몇 주 후, 몇 달 후면 또다시 아무렇지 않게 지내고 있을 테니까. 그렇다고 해서 헤어짐이 쉬운 건 아니다.

그래서 더더욱 '일기일회'라는 말이 좋다. 이번 만남이 언제 다시 이어질지 모르고 이렇게 만난 것 자체가 참 대단한 인연이니 그 순간만큼은 내가 할 수 있는 최선을 다하는 것. 아무리 미워했더라도 마지

막 인사에는 따뜻함을 남겨 두는 것. 좋아했던 이들에게는 아주 진하고 선명하게 내가 정말 좋아했고 고마웠다고 표현하는 것.

그 모습이 어느 기준에 의해
긍정적 혹은 부정적으로
비추어진다고 하더라도

GOOD   BAD

사람은 개개인의
그런 특성이 있기에
고유의 빛을 내는 것 같아요

모두가 자신의 아름다움을
발견하고 사랑하길 바라며

오늘도 각자의 자리에서
우리답게 잘 살아 봅시다!

EPILOGUE

나다움이 대체 뭐냐고 묻는
사람들도 있고

종종 저 또한 의문을
갖곤 하는데요

그럼에도 불구하고
누군가를 만날 때

라는 생각을 할 때가 있죠

어디서든 너답게 빛날 거야

1판 1쇄 인쇄 2025년 05월 07일
1판 1쇄 발행 2025년 05월 15일

지 은 이 바리수

발 행 인 정영욱
편집총괄 정해나
기획편집 박주선
디 자 인 이정아
마 케 팅 정지은 박건우 원희성 김현서 함유진
마케팅지원 정지상

펴 낸 곳 (주)부크럼
전   화 070-5138-9971~3 (도서기획제작팀)
홈페이지 www.bookrum.co.kr
이 메 일 editor@bookrum.co.kr
인스타그램 @bookrum.official
블 로 그 blog.naver.com/s2mfairy